WATERLOO

OU

LA REVUE DES MORTS

LÉGENDE NATIONALE RACONTÉE PAR UN PEINTRE

POËME EN DEUX PARTIES

PAR

ÉDOUARD CHEVRET

ILLUSTRÉ PAR LUI-MÊME DE QUELQUES CROQUIS A LA PLUME.

Lith. Aute A. Matheron.

MARSEILLE

TYPOGRAPHIE DE JOSEPH CLAPPIER, RUE SAINT-FERRÉOL, 27.

—

1868

WATERLOO

OU

LA REVUE DES MORTS

LÉGENDE NATIONALE RACONTÉE PAR UN PEINTRE

POÈME EN DEUX PARTIES

PAR

ÉDOUARD CHEVRET

ILLUSTRÉ PAR LUI-MÊME DE QUELQUES CROQUIS A LA PLUME.

MARSEILLE

TYPOGRAPHIE DE JOSEPH CLAPPIER, RUE SAINT-FERRÉOL, 27.

1868

2317

A MES SOUSCRIPTEURS,

Un voyage à Bruxelles a motivé ce poème.

Quel artiste Français, peintre ou poète, quel qu'il soit, peut aller à Bruxelles sans allonger le pas jusqu'à la plaine de Waterloo ?

J'ai fait ce pélerinage, devenu vulgaire de nos jours, mais je déclare que c'est au pied du tertre funéraire que couronne un lion de bronze, nommé *Lion Belgique*, que j'ai conçu le plan et écrit les premiers vers de l'opuscule poétique ou légende nationale, dont je vous offre aujourd'hui la primeur.

Trop d'écrivains justement célèbres ont raconté le triomphe de notre armée dans les immortelles journées de Ligny, de Fleurus et dans les premières heures du dix-huit juin, pour qu'un modeste virtuose de la plume et du crayon vienne, après tant d'autres, réciter, sur un rythme ordinaire, ce qui est su de tout le monde.

L'élan victorieux du roi de Westphalie enlevant la ferme ou château d'Hougoumont, les succès de Derlon, de Reille, du comte de Lobau, la charge mémorable des cuirassiers de Milhaud et de Ney, voilà le Waterloo triomphant et radieux que chacun sait par cœur, mais qui n'entre pas dans mon cadre. Nos pères nous ont suffisamment caté-chisés sur ce point ; notre atmosphère est assez chargée de patriotisme pour que tout Français puisse bégayer, en nais-sant, cette litanie de la gloire. Tout le monde sait que le dix-huit juin mil huit cent quinze, à trois heures de l'après-midi, notre bataille était gagnée ; que Wellington, voyant sa ligne rompue sur la haie sainte, pleurait à chaudes larmes ; que ses larmes coulaient comme une rosée funeste qui, quelques heures plus tard, devait flétrir pour nous les palmes de la victoire ; que la victoire se continua néanmoins jusqu'à six heures, et nous échappa, pour passer aux mains de Blücher, dans les livides rougeurs d'un sanglant coucher de soleil.

Que vais-je donc raconter en ces vers ? Les derniers instants de cette journée néfaste, le renversement provi-dentiel de tout un état de chose, l'apoplexie foudroyante d'un empire, le râle suprême de la grande armée, le dernier soupir de la garde ; la déroute et sa confusion, la mort et son deuil, le néant et son mystère, et, par dessus tout cela, ce que je célèbre et ce que je flétris, c'est la trahison ayant pour auxiliaire la nuit cette favo-rite des machinateurs de désastres, la nuit qui, depuis six mille ans, revêt l'ironique deuil de tous les grands malheurs qu'elle a couvés dans sa robe de ténèbres ; c'est donc la dé-route et non la victoire que je chante dans mon enthou-siasme sombre.

Aussi, lorsque rêveur au pied du *Lion Belgique*, je vois et je sens ce qu'avec une âme sensibilisée au contact d'une ardente imagination, tout poète doit voir et sentir, c'est-à-dire

la catastrophe dans toute l'horreur de ses circonstances, et que, mêlé par la pensée, au confus tourbillon des fuyards, je mesure avec effroi la profondeur de l'abîme où s'engloutit notre armée, alors, comme vous, mes chers compatriotes, je me sens ému d'un trouble involontaire : pendant que sa lyre gémit, le poète pleure, mais il verse des larmes Fran-çaises, qui n'ont certes! rien de commun avec celles de Wellington.

Lorsqu'au contraire, je pense au découragement de cer-tains maréchaux, aux infructueux mouvements des Van-dame, Gérard, Excelmans, etc., aux défaillances du *brave des braves*, aux lésineries, à l'indolence de Grouchy, as-seyant sur la consigne une prudence douteuse ; au flagrant délit de Bourmont, passé à l'ennemi le 15 ; aux nombreuses désertions des traîtres qui, le 18 au soir, profitèrent d'un échec sans gravité préalable pour propager le *sauve qui peut*, alors, je m'indigne et me révolte ; je ramasse mon luth que j'ai laissé choir dans un chant de douleur : j'en touche la corde vengeresse ; je rugis l'anathème, en essayant, tou-tefois, de rugir plus haut que le *Lion Belgique* qui, dans son insolente attitude, semble, tout en menaçant la France, implorer de la postérité le pardon du mensonge qu'il représente.

En abordant un pareil sujet j'ai du triompher des hésita-tions et des doutes qui assiègent l'homme quand il se dispose à soulever un fardeau qu'il croit au dessus de ses forces. Mes appréhensions et mes craintes secrètes vaincues, j'en-fourche à tout hazard l'hypogriphe de la *furia* qui me tiendra lieu de Pégase en m'emportant, tête baissée, à tra-vers le *qu'en dira-t-on* : advienne que pourra !

Figaro ne m'a-t-il pas déjà passé au laminoir de sa verve caustique pour avoir dit toute la vérité dans un récent poème, fort réaliste, intitulé : *la Guillotine*?

J'ignore s'il voudra me pardonner d'avoir laissé trans-pirer, sous la métaphore, la soldatesque expression que Cambronne appliqua, comme un soufflet énergique, au visage des Anglais. Après un illustre général et un grand poète, j'ai osé ramasser à mon tour, dans sa crudité hé-roïque, ce mot qui souleva tant de commentaires.

Ce poème, orné de quelques croquis échappés aux loisirs de mon modeste crayon d'artiste, est bien incorrect, bien im-parfait sans doute, mais il ne laisse pas d'être écrit avec un sentiment de conviction profonde qui ressemble à du patriotisme sincère : vous sentirez le souffle d'une âme émue passer dans mon hexamètre qui, semblable à un sa-blier funèbre, va dévidant par minute, le sanglant écheveau de cette journée de malheur.

EDOUARD CHEVRET.

WATERLOO

OU

LA REVUE DES MORTS

RACONTÉE PAR UN PEINTRE

Contemplez tous ! c'est là, dans cette immense plaine
Que la victoire vit son coursier, hors d'haleine,
Tomber, le soir, couvert des lauriers du matin;
C'est ici que, frappée au cœur par le destin,
L'aigle française, alors fille de Bonaparte,
Est morte, digne sœur des trois cents fils de Sparte.
Les voilà ces plateaux, mornes et désolés,
Où, seuls, trahis, sanglants, fous, hagards, mutilés,
Terribles, déchirant leur dernière cartouche,

Du sang au blanc des yeux, de l'écume à la bouche,
Disputant aux dragons de Blücher, lourd bétail,
Le haillon d'un drapeau, sublime épouvantail,
Plutôt que de se rendre à de trop grandes forces,
Aux dernières lueurs des dernières amorces,
Les derniers vétérans ont vu leur dernier jour !

Ni le cuivre au son clair, ni le rauque tambour,
Ne rompront désormais leur somme exempt de songe.
Ils attendent, couchés sous le ver qui les ronge,
Le monstrueux clairon du jugement dernier.
Ils viendront, fantassin, dragon, carabinier,
Du sang de leur patrie en une heure perdue,

Stygmatiser au front l'homme qui l'a vendue,
Celui de qui le fer au roi Louis soumis,
Tisonnant au foyer des bivacs ennemis,
Déterra sous la cendre, ainsi que d'une fosse,
L'immaculé drapeau cousu de fil d'Écosse.
Le voyez-vous qui fuit, dans l'ombre, avec vos plans,
Sire? Vous l'avez dit : *les blancs sont toujours blancs!*
Comme un larron qui porte un mensonge à sa lèvre,
Sur d'odieux comptoir d'un frauduleux orfèvre,
Trafique, au poids de l'or, d'un vol dont les profits,
Doivent, entre deux dés, provoquer des défis,
Le transfuge, attablé chez les Anglo-Bataves,
Joua notre aigle d'or, saint talisman des braves,
Et gagna la partie, avec un plein succès,
Sur le rouge échiquier du jupon écossais.
Honteux de ce forfait que nul pardon n'efface,
L'anglais craignit, lui-même, en crachant sur sa face,
De laver l'anathème incrusté sur son front.
Qu'il dorme à tout jamais écrasé sous l'affront
Qui désormais le voue aux remords, vers funèbres
De son sépulcre plein de honte et de ténèbres.
Lorsque ~ ndant un souffle à de froids ossements,
Le grand réveil, parmi les épouvantements,
Viendra d'une chair neuve habiller le squelette,
Un formidable coup d'effrayante trompette
Prescrira pour le traître, en lui rendant un corps,
La dégradation militaire des morts.

En attendant, dormez, le front dans la poussière,
Vétérans ! la charrue a creusé son ornière
Sur vos corps refroidis, comme pour prolonger
Le sillon qu'y traça le fer de l'étranger.

Du mamelon sacré qui tremble et se lézarde,
L'écho mystérieux murmure : vieille garde ! ! !
L'écho répète encor : ci-gît, sous ce terrain,
Les plus beaux va-nus-pieds qu'ait jamais vu le Rhin ;
Soldats déguenillés qui, plus ardents que braise,
Pour chiffre matricule avaient quatre-vingt-treize,
Fiers d'avoir écrasé, dans un grand jour d'effroi,
La Babel féodale au nom du peuple roi ;
Qui, s'exaltant plus tard au nom de Bonaparte,
Imprimaient leurs talons de géants sur la carte,
Saluant, chaque jour, d'un électrique adieu,
L'homme qui, dans la nue, allait coudoyer Dieu ;
Grenadiers qui, sans pain, nus, défaits, misérables,
Dans les quatre éléments passaient invulnérables,
Et qui, la veille encor blancs des neiges d'Eylau,
Sont tombés, noirs de poudre, au champ de Waterloo !
Voilà ce qu'à travers les profondeurs du vide,
L'écho lugubre jette à l'étoile livide.
La nuit, les feux-follets, de leurs reflets blaffards,
Éclairent, çà et là, quelques tronçons épars
De vieux fusils rouillés qu'avec sa main de glace,
Un spectre semble encore étreindre à la culasse.

Aventureux passant, j'ai l'insigne faveur,
D'errer, silencieux, taciturne et rêveur,
Sur ce terrain pavé de froids débris de crânes.
Une chauve-souris, agitant ses membranes,
Pareille au spectre noir d'un aigle de drapeau,
Effleure, dans son vol, les bords de mon chapeau.
La terre, où mon pied laisse une profonde empreinte,
A ralenti mes pas retenus par la crainte
De marcher sur leurs os, débris jadis vivants,
Exhumés par la foudre et battus par les vents.
Saisi d'un vague effroi, qu'un saint respect efface,
J'ai regardé là-haut, et j'ai vu, dans l'espace,

Leurs noms briller parmi les constellations ;
Car ce gouffre, tombeau des vieilles légions,
Quand vient l'heure où le ciel est rutilant d'étoiles,
Semble avoir secoué sur les nocturnes voiles,
Toutes les croix d'honneur qui dorment dans son sein;
Mais qui vient m'obscurcir leurs radieux essaim ?
La nuée au flanc noir, vaporeuse avalanche,
De ses flocons épais couvre la lune blanche ;
La nuit devient plus sombre et le cri des hiboux,
Se mêle au bruit du vent qui gémit dans les houx.

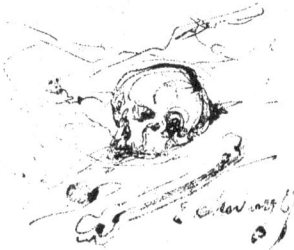

Las d'errer à travers le mystère et le doute,
Je me suis endormi sur le bord de la route ;
Moi vivant, me voilà couché parmi les morts ;
Je les dispute au ver qui rampe sur leurs corps ;
Pour voir de près leurs fronts que la poussière calque,
J'ai soulevé le drap de ce grand catafalque ;
Grâce au pesant sommeil qui me rend mort comme eux,
Je descends tout entier dans ce néant fameux ;
J'assiste, avec stupeur, au jour de leur détresse ;
Je vois, avec les yeux du rêve qui m'oppresse,
De confus escadrons charger, le sabre au poing,
Nos bataillons épars rompus sur chaque point;
Leur dernier coup de feu, bruit que l'écho répète,
Comme un éclat de foudre a grondé dans ma tête ;
Il fait battre ma tempe et rebondir mon sein,
Comme au front d'un beffroi le bourdon d'un tocsin.
Le sort parle ! Blücher parait. Le soir débande
Nos bataillons devant ce chef de contrebande.
Ralliant aux vainqueurs ses postiches héros,
L'Ecosse a tressailli dans sa jupe à carreaux ;
Wellington, dont trois fois on a forcé le centre,
Sent un levain d'espoir fermenter dans son ventre :
Ses pesants fantassins taillés en tour d'échec,

Anglais dont rien n'émeut le cœur stupide et sec,
Gastralgiques soldats dont l'estomac s'insurge,
Tous avalent la peur qui leur tint lieu de purge.
Ceux dont, jusqu'à ce jour, le pilore entêté
Ne digéra le bœuf qu'à grand renfort de thé,
Iront laver demain leurs bas dans la Tamise :
Sous l'étroit cotillon qui leur sert de chemise,
Cambronne a découvert, en les couvrant d'affront,
L'énormité du mot qu'il leur placarde au front.
Ce nouveau biscaïen, qu'il mêle à la mitraille,
Ricoche en se buttant au pied d'une muraille,
Et l'impassible anglais imperturbablement,
En guise de cocarde, arbore l'excrément.

Un cri, qu'à plein gosier la trahison invente
Dans nos rangs décousus a jeté l'épouvante ;
De déroute et de mort logogriphe trompeur,
Il s'explique en trois mots qu'articule la peur,
Et sa contagion dans les cœurs les plus fermes
D'une terreur panique ensemence les germes.
La peste dans Jaffa versa moins de poison
Que n'en propage ici l'agent de trahison.
Les bandes de fuyards, multitudes informes,
Jettent bas leurs fusils, mêlent leurs uniformes;
Les chefs cherchent en vain, par d'impuissants efforts,
A rétablir les rangs pour reformer un corps ;
Chaque déroute entraine après elle une suite.
Condor par la conquête, épervier par la fuite,
Soldat dégénéré, dont le sang refroidi
Ne se ressouvient plus d'Arcole et de Lodi,
Villageois fantassin, qui désertes ton aigle,
Retourne à ton foyer manger le pain de seigle,
Le lait de ta brebis te sera moins amer
Que la guerre toujours grosse comme la mer ;
De tout ordre du jour sois désormais indigne,
Et près d'un laurier mort va cultiver ta vigne ;
Puisque tout est perdu, va-t-en, *sauve qui peut !*
Laissez mourir, vous tous que la peur seule émeut,
Quiconque porte ici le nom de Bonaparte ;
Garez-vous des éclats de la bombe ; elle écarte ;
Couchez-vous à plat ventre et rampez à l'écart ;
Que le cri des mourants dépourvus de brancards,
Achève d'ébranler vos âmes jadis fortes :
Paris aura ce soir l'étranger à ses portes ;

Tampis ! c'est le bâton d'un futur maréchal
Qui vous indique au loin votre clocher natal.
Allez dormir au sein de vos mères nourrices,
Traîtres ! quand il faudra montrer vos cicatrices,
Un sac criblé d'un plomb tiré dans votre dos,
Trahissant à son tour votre lâche repos,
Attestera comment un revers de casaque,
Habilla, par la fuite, un Français en cosaque.
Qu'un obscur général, protégé de Gérard,
Après avoir conquis Alger quinze plus tard,
Sur son apostasie ose passer l'éponge,
Qu'importe ! Wellington, cuirassé de mensonge,
Peut désormais, debout sur un socle maudit,

Déguiser, sous l'airain, les pleurs qu'il répandit.
Le fratricide est plein : sa partie est gagnée !
La France prise, hélas ! à son fil d'araignée,
Se débat palpitante, un couteau dans le cou :
Grâce aux traîtres cachés ici, là, n'importe où,
L'ennemi traîne aux crins du coursier qui l'emporte,
La belliqueuse vierge échevelée et morte.
Ah ! que la gloire en pleurs, la gloire au désespoir,
Prenant pour deuil sacré l'ombre de ce grand soir,
Maudisse le parjure, et verse au misérable
Une larme de sang, tâche incommensurable
Qui brûle désormais sa face de Caïn,
Comme l'acide ronge et le marbre et l'airain.

Nuit ! mort ! néant ! chaos !... La bataille est perdue ;
La grande armée ainsi qu'une neige fondue,
En rapides torrens d'hommes et de chevaux,
Se liquéfie et coule à travers monts et vaux.
Le gazon desséché, jadis pelouse verte,

Se nourrit et s'abreuve à chaque plaie ouverte,
Et confond, sous le sang dont il est altéré,
Le coquelicot pourpre avec l'épi doré.
A travers les cailloux qui d'un sang pur se teignent,
Les blessés trébuchant sur les mourants qui saignent,

Roulent sur le versant de chaque mamelon.
Oh ! canonniers de Reille, artilleurs de Derlon,
Boute-feu qui, du bronze allumant la fournaise,
Ne fîtes d'Hougoumont qu'un grand monceau de braise,
Expirez sous l'essieu de vos propres fourgons !

Que Bulow, hérissé du fer de ses dragons,
De vos cadavres chauds enchevêtrant sa route,
Escorté de la nuit, comble votre déroute.
De Milhaud et de Ney, toi fougueux cuirassier,
Dont l'escadron massif, ainsi qu'un bloc d'acier,

Écrasa des Anglais la muraille écarlate,
De rage à ton genoux romps le fer de ta late,
A moins que le galop qui t'emporte en avant,
Ne t'ait dans quelque abîme enseveli vivant.
Vous, derniers vétérans, grenadiers de la garde,
Invoquez, au mépris de la blanche cocarde,
Un néant glorieux : tombez, lions virils,
Du coup mortel qui frappe entre les deux sourcils !
Présentez, pour mourir, en vous couvrant de gloire,
Votre face au canon, dont l'embouchure noire
Doit, à brûle pourpoint, vous cracher le trépas :
« Le bataillon sacré meurt et ne se rend pas !!! »
Et toi, Napoléon, sur ton dernier théâtre,
Vois ton cheval hennir écumer et s'abattre !
Que ses quatre sabots, dont les fers jamais froids
Piétinèrent dix ans la poitrine des rois,
Fassent jaillir enfin leur dernière étincelle !

Que l'éclair du pavé remontant à ta selle,
Comme un coup de tonnerre allumé dans ta main,
Te foudroie, Empereur, et montre au genre humain
Ce qu'un césar déchu laisse après lui de cendre,
Cendre que, dans l'exil, ombre où tu dois descendre,
Un marin d'Orléans, acclamé du canon,
Ira chercher un jour sur un écueil sans nom.
Le voilà qui s'en va, sans escorte ni guide,
Sur Charleroi, menant son cheval par la bride ;
Cavaliers, fantassins, chars, bagages affûts,
Pêle-mêle entassés comme un troupeau confus,
Le suivent dans l'horreur d'un sanglant crépuscule ;
A travers la cohue où la terreur circule,
Les lourds canons d'airain, franchissant les ruisseaux,
S'entre-choquent avec d'horribles soubresauts,
Déchirent les halliers, et sur le sol qu'ils rasent,
Achèvent, en roulant, les blessés qu'ils écrasent.

Là, des porte-drapeaux renversés sur le front,
Comme des peupliers moissonnés par le tronc,
Meurent en étreignant l'aigle de leur bannière.

Partout des charriots échoués dans l'ornière!
A travers un réseau de bretelles de sac,
De baudriers jaunis au foyer du bivac,

De bleus porte-manteaux, de chabraques, de housses,
De caissons détraqués par d'affreuses secousses,
Que de corps entassés! le kolbac au poil d'ours,
Fait à leurs fronts saignants un chevet de velours;
Ces poings désespérés qui lancèrent la foudre,
Sont rongés par des dents toutes noires de poudre;
Le fusil, encor chaud du feu qui les soutint,
Entre leurs doigts crispés, fume, volcan éteint.
La dernière cartouche, à travers ce désordre,
Est mâchée... ils n'ont plus que la poussière à mordre!.
Le vent des nuits de juin chasse à travers les monts
Un dernier râle extrait de leurs rauques poumons,
Lèche le sang qui fume, et mêle sur la tombe,
A l'odeur du salpêtre un parfum d'hécatombe.
Près du coursier mourant qui, le poitrail fendu,
En sautant sur trois pieds, hennit, le cou tendu,
Gisent des cuirassiers froids comme leurs armures:
La mort qui les coucha comme des gerbes mûres,
Ironique berceuse, en riant, les endort.
Le ciel, vierge prairie aux marguerites d'or,
Sur ce champ désolé, sépulcre de nos armes,
S'étend comme un drap noir semé de blanches larmes.

Tout s'est donc abîmé dans l'avide cercueil!
C'est ainsi qu'un vaisseau se fend sur un écueil;
Tel, dans la nuit propice à l'horreur d'un désastre,
Un aveugle soleil se romp contre un autre astre.
Ce formidable choc d'hommes et de chevaux
Qui du globe terrestre ébranle les pivots,
Ce cliquetis de fer où la France s'égorge,
C'est le bruit effrayant que fait, pendant qu'il forge,
Dieu, forgeron farouche, au sommet d'un volcan;
Qu'il fonde une couronne ou qu'il forge un carcan,
Voyez ce qu'il lui faut de fournaise et d'haleine
Pour river, en un jour, l'écrou de Sainte-Hélène!!!

Et maintenant, vous tous, objets de notre orgueil,
Martyrs du dix-huit juin, pour qui mon luth en deuil,
Tressaille, sombre écho de votre dernier râle,
Brisez du champ des morts la pierre sépulcrale;
De vos régiments bleus rassemblant les lambeaux,
Fantômes paternels sortez de vos tombeaux!
Levez-vous! et cédant au transport qui m'anime,
Poursuivez, jusqu'au bout, mon cauchemar sublime.
Oh! dites, dites-nous, quelle ombre de malheur

Obscurcit tout-à-coup l'astre de l'Empereur ?
Quel vent d'adversité, troublant sa tête calme,
Dans son auguste main osa flétrir la palme ?
Redites-nous encor quel funeste retard
Fit, dans vos bras puissants, fléchir votre étendard ;
N'étiez-vous pas vainqueurs ? qu'elle cause cachée
Empêcha de finir la victoire ébauchée,
Et vous engloutit morts, par un horrible jeu,
Dans un gouffre de fer, de fumée et de feu ?

Mont Saint-Jean accomplit par sa chute orageuse,
Le sort que le Kremlin, dans la saison neigeuse,
Semblait avoir prédit à son laurier si beau ;
Ce rameau s'étendait sur chaque capitale,
Quand Dieu vint y greffer une branche fatale
Du saule qui devait pleurer sur son tombeau.

Sa main, pour trop l'étreindre au milieu de la guerre,
Rompit le sceptre ainsi qu'une coupe de verre.
Celui qui remplissait l'univers de lui seul,
Dont le nom retentit de l'un à l'autre pôle,
Se tourna tout-à-coup et vit, sur son épaule,
Sa pourpre d'empereur se doubler d'un linceul.

Son front s'est revêtu d'une paleur subite.
Il roule soucieux, dans sa profonde orbite,
Son œil d'aigle éteint à demi ;

Il comprend que le sort vient de changer les rôles,
Et, murmurant tout bas d'anxieuses paroles,
Il implore un secours ami :

« Grouchy, quelle ombre vaine à l'horizon te leurre ?
« Peux-tu de la victoire avoir oublié l'heure ?
« Sans doute qu'une erreur abuse ta raison.
« L'œil fixé sur un point, imperceptible atome,
« Tu crois tenir Blücher ? Tu n'as qu'un vain fantôme
« D'arrière garde à l'horizon.

Le maréchal demeure, et sa méprise étrange
Va changer les destins d'un empire... L'archange
A senti, sous ses pieds, tressaillir le néant ;
Son étoile pâlit sur son front suspendue :
Promenant sa grande ombre à travers l'étendue,
L'être a coudoyé le géant.

Sous les traits d'un vieillard ridicule automate,
Le sort à l'horizon se décide et se hâte,
Pressant du vieux Blücher l'innombrable troupeau.
Faut-il, grâce au renfort sur lequel il s'appuie,
Qu'après avoir pleuré sir Wellington essuie
Sa paupière à notre drapeau ?

Non ! au reflet mourant des amorces dernières,
Nos aigles n'iront point se livrer prisonnières.
La garde, sous ses pas, voit l'abîme s'ouvrir :
Sublime, elle se fait écraser par le nombre,
Et, fumante, s'éteint comme un cratère sombre
Qui n'a plus de lave à vomir.

Le sort capricieux est fertile en contrastes.
Ainsi, pour qu'Albion puisse embellir ses fastes,
Il faut que, sur un socle à l'abri du canon,
D'un héros de hazard la statue acclamée
Essaie insolemment sa tête de pygmée
     Dans le casque d'Agamemnon.

Hyde-Parck, où ce bronze à grand bruit s'inaugure,
De l'armure d'Achille affubla sa figure.
Pendant que la Belgique élève un noir lion,
L'obséquieux Anglais, acceptant ce modèle,
Orna son cabinet d'histoire naturelle
     Du grand singe de Scipion.

WATERLOO NOCTURNE

REVUE DES MORTS

Mystère étrange ! on dit que, depuis cette époque,
Minuit donne des voix au sépulcre ; il évoque
L'ombre des grenadiers foudroyés sans merci :
Un lumineux fantôme à cheval caracole
Secouant devant eux, ainsi qu'au pont d'Arcole,
    Le haillon d'un drapeau noirci.

Quel est-il ? C'est celui devant qui tout s'éclipse,
Celui qui, décrivant sa merveilleuse ellipse,
Laboura l'univers d'étincelants sillons,

Et qui, phare, étendard, tonnerre et météore,
De son large cerveau, crevant par chaque pore,
    Fit jaillir la gloire en rayons.

C'est celui qui, levant les écrous britanniques
Rivés sur ses malheurs par des arrêts iniques,
Fit de sa cage d'aigle éclater les parois.
Le jour où, de Longwood sanctifiant l'alcôve,
Un *cinq mai* l'affranchit des fers de Hudsonlove,
    Hideux chien de garde des rois.

Un flot de cheveux noirs coupe, avec harmonie,
Son front, globe qui s'enfle au souffle du génie;
Le son bref de sa voix à la foudre est pareil ;
Le sourcil est froncé sur son orbite cave
D'où jaillit le regard, comme l'ardente lave
    D'un cratère contre un soleil.

Sur ce front tout rempli de sublime démence,
Des aigles effarés volent en cercle immense ;
Leur grand bruit d'aile, au ciel, couvre le bruit des flots
Qui lèchent le rocher de Saint-Hélène, comme
Un lion familier, rampant au pieds de l'homme,
    Les couvre de graves sanglots.

La terre a salué cette ombre colossale :
Les magiques accents que sa poitrine exhale
Du grenadier squelette ébranlent les ressorts,
Et comme le simoûm de sa brûlante haleine
Soulève, en tourbillons, le sable dans la plaine,
Son souffle a remué la poussière des morts.

L'ombre des maréchaux à ses yeux révélée
Quitte le froid parvis du triste mausolée.
Fiers comme pour remplir un glorieux mandat,
Lannes, Junot, Berthier, Soult, Rap, Brune et Bessière,
Bondissent à cheval, dans un flot de poussière
    Dont chaque atome est un soldat.

Voici Murat, effroi de l'ennemi bravache !
Sa main, au lieu d'un sabre, agite une cravache,
Sous le pourpoint fourré de neigeuses saisons ;
Son panache flamboie, arc-en-ciel tricolore
Eclairé sur son front par les feux de l'aurore,
A l'heure où des bivacs palissent les tisons.

Intrépide soldat ! le kalmouck à l'œil fauve,
Le cosaque aux poils roux, et le mamelouck chauve
Se débandaient devant ta main, quand tu sabrais;
Tu combattis vingt ans sans soupçonner ni craindre,
Que le destin barbare, un jour, devait t'atteindre
    En plein cœur d'un plomb Calabrais.

Murat passe. Après lui, vingt escadrons livides
De chasseurs, de lanciers, de hussards et de guides,
Vêtus de vieux dolmans, noirs de coups de fusil,
Acclament au milieu du macabre cortège,
Un fantôme drapé d'un manteau blanc de neige.
    Quel est ce spectre, et d'où vient-il?

C'est Ney qui, sous le givre où le brouillard le voile,
Suivi de l'Empereur la tricolore étoile,
Infatigable, allant partout où l'aigle va ;
Qui, foudroyant Russie, Autriche, Prusse et Saxe,
Fit trembler, à son tour, le monde sur son axe
    En passant par la Moscowa.

C'est Ney qui, s'élevant de victoire en victoire,
Finit par chanceler au zénit de la gloire,
Car la cime était haute et l'abîme profond;
Placé si haut, il eut terreur de la conquête ;
Au lieu des lauriers verts qui couronnaient sa tête,
    Le vertige ceignit son front.

Il tomba. De bronze ou de marbre,
Sa statue, au geste guerrier,
Semble encore escalader l'arbre
De l'empire, immense laurier.
Quand sous son pied cassa la branche,
Pour prix de sa bravoure franche,
Des bandits à cocarde blanche,
Embusqués dans un carrefour,
De leurs fusils à gueule noire,
Osèrent tirer, sombre histoire,
A brûle pourpoint sur sa gloire,
Contre un vieux mur du Luxembourg.

Suspendue ainsi qu'une lampe,
La lune épanche sa lueur
Au front du fantôme qui rampe,
Couvert de sang et de sueur.
Pauvre Ney, quand tu nous étales
Ton sein viril troué de balles,
Ton nom en lettres capitales
Des siècles se fait respecter ;
Depuis ce jour, homme invincible,
Ton corps meurtri n'est plus qu'un crible,

L'oubli profond, vent inflexible,
Passe à travers sans t'emporter.

La nuée aux flancs noirs, vaporeuse avalanche,
De ses flocons épais couvre la lune blanche ;
La nuit devient plus sombre, et le cri des hiboux
Se mêle au bruit du vent qui gémit dans les houx.

Mais le sein du sépulcre sombre
Se déchire et vomit des morts :
De noirs cuirassiers font dans l'ombre
Hennir leurs chevaux au dehors.
Place au grand escadron macabre !
Il surgit de terre, et se cabre ;
Les sonores fourreaux de sabre
Résonnent aux flancs des chevaux ;
Un éclair dans leurs yeux s'allume ;
Ils blanchissent le mors d'écume ;
Un double nuage de brume
Jaillit de leurs profonds naseaux.

Debout parmi les hautes herbes,
Les panaches aux crins mouvants,
Epis dont Blücher fit ses gerbes,
Livrent les trois couleurs aux vents.
Pendant ce nocturne manège,
Les noirs cavaliers du cortége
Font, dans la nuit qui les protége,
Sonner leurs armures d'airain :
Gais tymballiers et tambours rauques,
Affûts, caissons, drapeaux en loques
Sortent, glorieuses défroques,
De cet arsenal souterrain.

La nuée aux flancs, vaporeuse avalanche,
De ses flocons épais couvre la lune blanche ;
La nuit devient plus sombre, et le cri des hiboux
Se mêle au bruit du vent qui gémit dans les houx.

Des morts déchirant le suaire,
Le cuivre a pénétré les os ;
Ils s'échappent de l'ossuaire,
L'arme au bras et le sac au dos.
Pendant qu'en bataille on se range,
Sur leurs os ils collent la frange

D'un drapeau troué, drap étrange
Que le boulet a ravagé ;
Linceul que rien ne dénature !
Le ver né de la pourriture
Ne saurait y trouver pâture,
Car la mitraille a tout rongé.

Les tambours qu'un drap noir recouvre,
Battent au champ à l'horizon ;
Le lugubre défilé souvre
Sur le tumulaire gazon.
Minuit, comme un canon qui gronde,
Règle leur fantastique ronde.
Le vent siffle comme une fronde,
Il s'engouffre dans leur manteau ;
Et tandis que le sol qui croule
Vomit leur innombrable foule,
La nuit obscure se déroule
Sur leurs fronts comme un noir drapeau.

Las de la mort qui les désœuvre,
Ces héros, géants d'autrefois,

Revivent, par cette manœuvre,
Au temps fameux de leurs exploits;
Assemblant leur poudreux squelette,
Dans la plaine de leur défaite,
Ils prolongent leur sombre fête,

Sans coup de feu ni choc de fer;
Et, mu par un ressort magique,
Qui romp son sommeil léthargique,
Le bronze du lion Belgique
Grince comme un damné d'enfer.

La nuée aux flancs noirs, vaporeuse avalanche,
De ses flocons épais couvre la lune blanche;

La nuit devient plus sombre et le cri des hiboux
Se mêle au bruit du vent qui gémit dans les houx.

ÉDOUARD CHEVRET.

FIN!!!

www.ingramcontent.com/pod-product-compliance
Lightning Source LLC
Chambersburg PA
CBHW061748180626
46818CB00006B/2799